♥ Les Doudoux ♥

Nougat
Petit ourson au grand cœur, Nougat est sensible et réfléchi. Malgré sa timidité, il sait exprimer son avis et être de bon conseil pour ses amis.

Charlotte
Mignonne petite lapine, Charlotte est curieuse et vive d'esprit. Confiante de nature, elle aime l'aventure, les surprises et les découvertes.

Moka
Énergique et fort, c'est un ami fidèle. On peut toujours compter sur Moka pour un coup de main. Pour lui, la solidarité et l'affection passent avant tout.

Noisette
Noisette a l'imagination fertile. Créative et audacieuse, elle a toujours quelques bonnes idées en réserve, qui ne la laissent jamais prise au dépourvu.

Clafoutis
Enjoué et positif, Clafoutis est un boute-en-train qui cherche toujours à voir le beau côté des choses. Mais, attention, devant les défis, il sait être sérieux !

Vanille
Douce comme de la crème, Vanille est tendre et généreuse. Elle sait se mettre à la place des autres, comprendre ce qu'ils ressentent et les réconforter.

D'après les personnages de Diane Primeau
Texte : Andrée Poulin
Illustrations : Julie Cossette

Les mots-amis

Pour Aboud Al Salman
A. P.

ma bulle éditeur

Dafné a très faim ! Elle mangerait un éléphant au complet !
« Je veux mes céréales ! Tout de suite ! Maintenant ! »
Papa dit : « Tu oublies un petit mot important… »
Vanille chuchote à l'oreille de Dafné : « On dit s'il te plaît. »

Papa a mis une surprise dans les céréales de sa fille chérie.
«Miam ! s'exclame Dafné. Mon déjeuner est délicieux ! »
Papa dit : «Tu as encore oublié un mot précieux... »
Nougat aide Dafné : «On dit merci. »

Aujourd'hui, Dafné a envie d'avoir de belles tresses.
«Maman ! Maman ! Mets-moi mes nouveaux rubans !»
Sa mère lui répond : «Et si tu me le demandais gentiment ?»
Les Doudoux secouent la tête : «Notre Dafné oublie la politesse.»

Avec ses amis, Dafné adore s'amuser dans le module de jeu. Elle veut être la première à grimper dans la glissoire bleue. Dafné s'énerve : «Attache mon manteau ! Je suis pressée !» «Demande-le-moi poliment», dit Madame Josée.

Après la collation, Dafné veut jouer avec la boîte à musique.
Eddy lui répond : «Je te la donne si tu dis le mot magique.»
«Pas besoin de magie, c'est à mon tour», déclare Dafné.
«Tu n'es plus mon amie», s'écrie le garçon, fâché.

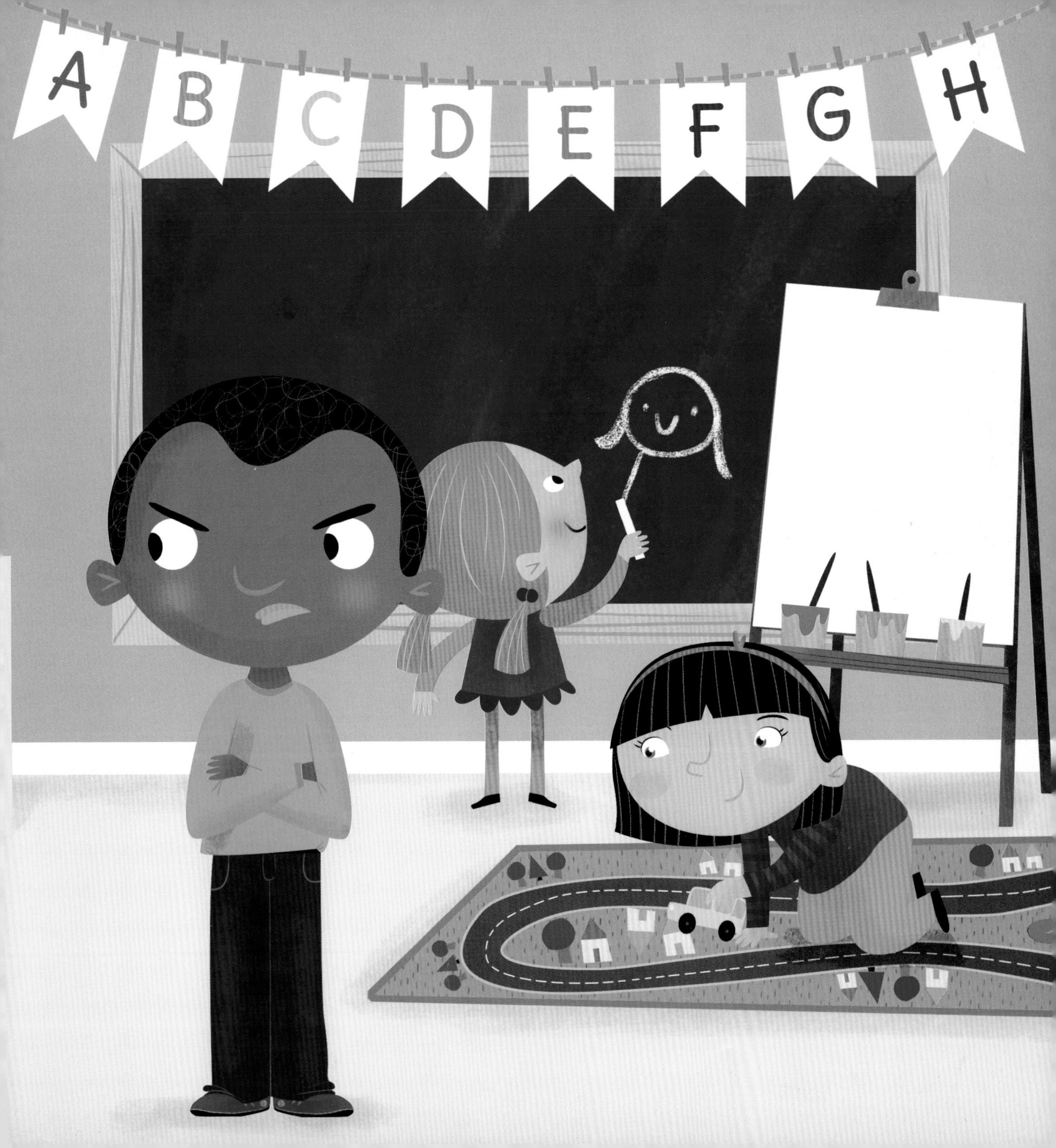
A B C D E F G H

Le soir, Dafné confie son chagrin à Vanille et à Nougat.
«Je voulais seulement jouer avec la boîte à musique.
C'était à mon tour, mais Eddy s'est fâché contre moi.
Juste parce que j'ai oublié le mot magique.»

Vanille dit : « Les mots magiques sont s'il te plaît et merci.
Des mots très simples. Des mots-amis. »
Nougat ajoute : « Ces mots doux sont comme des caresses.
Avec les mots-amis, tu es la reine de la gentillesse. »

s'il te plaît

merci

s'il te plaît

Avant d'aller au lit, Dafné veut son livre préféré.
Cette fois, elle prend bien soin de dire les mots-amis.
« S'il te plaît, maman, peux-tu me lire mon conte de fées ? »
Dafné n'a pas oublié ! Les Doudoux sont ravis.

Le lendemain, Dafné offre un dessin à Eddy.
«S'il te plaît, veux-tu redevenir mon ami?»
Le garçon répond : «J'aime quand tes mots sont gentils.»
Dafné rit. La dispute est finie. «On joue, Eddy?»

De retour à la maison, Dafné raconte ses joies de la journée.
«Quand je dis s'il te plaît et merci, tout le monde me sourit !
Avec deux mots simples, c'est facile d'être poli.
Maintenant, les mots-amis, je ne vais plus les oublier ! »

s'il te plaît

merci

Dans le salon, c'est le désordre total. Tout traîne partout !
Papa dit : « Ramasse tes jouets avant qu'on se casse le cou ! »
Dafné réplique : « Hé ! Tu as oublié les mots-amis ! »
Papa éclate de rire ! « Peux-tu ranger, s'il te plaît, ma jolie ? »

Pour prolonger le plaisir des enfants…

Des pistes de discussion

- Au début de l'histoire, Dafné oublie d'être polie lorsqu'elle demande ou reçoit quelque chose. Elle est pourtant assez grande pour connaître les mots « s'il te plaît » et « merci ». Tu les connais sûrement, toi aussi, mais t'arrive-t-il parfois de les oublier ?

- Chez toi, que disent tes parents lorsque, comme Dafné, tu oublies d'être poli ? Eddy, le copain de Dafné, se fâche lorsqu'elle refuse de lui demander gentiment la boîte à musique. Toi, t'est-il déjà arrivé de te fâcher, comme Eddy, et de dire à quelqu'un « tu n'es plus mon ami » ? Que s'était-il passé ?

- Vers la fin de l'histoire, Dafné comprend ceci : « Quand je dis s'il te plaît et merci, tout le monde me sourit ! » Est-ce possible, selon toi ? As-tu déjà vu quelqu'un te répondre par un sourire quand tu posais un geste gentil ou que tu utilisais des mots polis ? Veux-tu le raconter ?

- Amuse-toi à réaliser une affiche sur la politesse. Demande l'aide d'un adulte pour aller sur le site Internet du club des Doudoux. Tu y trouveras une fiche avec des cases illustrées et des bulles à compléter avec les mots « s'il te plaît » et « merci ». Tu pourras découper et coller les mots dans chacune des cases.

Plus d'activités sur www.doudoux.club

- Tu aimes les câlins, les mots doux et toutes les petites douceurs de la vie ? Joins-toi au club des Doudoux ! C'est très simple, va sur le site Internet pour y créer ta propre carte de membre ! Tu y découvriras plusieurs autres activités.

Et le plaisir des grands !

Le site www.doudoux.club, c'est aussi pour vous, parents et éducateurs !

Vous y trouverez des informations complémentaires aux thèmes abordés dans les livres.

Des fiches pédagogiques conçues spécialement pour les enfants du préscolaire et de la 1ʳᵉ année du primaire y sont aussi offertes gratuitement.

Catalogage avant publication de
Bibliothèque et Archives nationales du Québec
et Bibliothèque et Archives Canada

Poulin, Andrée

Les mots-amis
Pour enfants de 2 à 7 ans.

ISBN 978-2-924472-06-4

I. Cossette, Julie. II. Titre.

PS8581.O837M67 2016   jC843'.54   C2016-940606-7
PS9581.O837M67 2016

Édition : Diane Primeau
Direction artistique et graphisme : Primeau Barey
Direction littéraire : Andrée-Anne Gratton
Révision et correction d'épreuves : Lise Duquette
Dépôt légal : 3e trimestre 2016
Bibliothèque et Archives nationales du Québec
Bibliothèque et Archives Canada

Ma bulle éditeur
116, rue Dominion
Montréal (Québec)
Canada H3J 2Z2
Courriel : info@doudoux.club

www.doudoux.club

Imprimé en Chine